私と私のまわりの人々

伊集院 淑
IJUIN Yoshi

文芸社

私と私のまわりの人々

前回、出版させていただきました『よく遊んだ』の続編として綴らせていただきました。

目次

第二部　私のまわりの人々について

第一部　私について

一、私の高校時代

私は、高校を岩川《いわがわ》高校で受験いたしました。その成績の結果を持って、種子《たねが》島《しま》高校へ行きました（高校同士で話が合ったのだと思います。父の仕事の関係で、移住しなければなりませんでしたので）。

岩川時代（小・中学時代）あまり勉強をせず、のんびりと遊んで過ごしてきていましたので、その高校入試の成績は、あまり良くありませんでした。

しかし、種子島高校で受けました〝知能テスト〟の結果は、学年で一番だったという話を、父が私の担任の先生より聞いてきておりました。私は、自信はなかったのですけれど。

しかし、私には実力というものが、ついていなかったようで、実力テストの成績表が、時々壁《かべ》に張り出されたりすると、二十番目位の順位でした。あまり一生懸命には、勉強しませんでしたからでしょう。種子島には、家の近くに自然が一杯だったので（海あり、川あり、小山《こやま》あり、……）岩川時代に引き続き、ここでも遊び回っておりました。

二年生の終わりに、三年生からは、鹿屋《かのや》高校へ転校する事になっていましたので、転入試験があるだろうからという事で、初めて勉強らしい勉強をして、学年で三番になれました（鹿屋高校は、鹿児島の大隅半島の方では、かなりレベルの高い学校……と見なされておりましたので）。

鹿屋高校に、無事転入学出来ましたが、転入生という事で、トップクラスには入れてもらえませんでした。

ここでは、友達も出来ずに孤独でした。それでここでは、以前に比べてもびっくりする位、勉強ばかりしておりました。それで、成績は、学年で十番の辺りにいました（トップクラスの人達─五十名位─をも、追い抜きまして）。実力テストの方でも、まあまあ、その様な所におりました。

進路につきましては、岩川に居た頃、父が〝オルガン〟を買ってくれていましたので（今では、ピアノがある家が多くある様ですが、私の時代では、オルガンのある家も少しでした）、私は懸命に弾きました。

それで、一応、音楽の方に進むつもりでいました。しかし、中学時代のピアノの先生は、岩川中の音楽の先生で、又種子島高校では音楽の先生はレベルの低い先生だったので習うことが出来ずに、家の近くにあった小さなキリスト教会（キリスト教徒になっていた訳ではありませんでしたけれど）へ通い、そこの牧師さんに習っておりました。以上、まあ、真面目《まとも》な先生についてきた訳ではありませんでした。

鹿屋高校では、ピアノを上手に弾く人がいて、それを聞いておりましたら、音楽の道へと進むのは、こんな人達なんだ……と思い知らされ……私は、音楽の方へ進むのは止めにいたしました。

後、私に残された道は、理系の方だという事で、担任の先生にもそう話して、数学の授業も少しはましなクラスへと変えていただいたりしたのですが、トップクラスを教えていらした先生ではなかったので、あまり良い成績までは取れませんでした。物理と化学は、何とか良い成績を取れましたけれど……。

担任の先生は、私を、長崎市の活水《かっすい》女子短期大学の方へ推薦《すいせん》で行かせたく思っていらして、私の理系への希望を、あまり重く取り上げて下さいませんでした。それでも、私は、最終的には、鹿児島大学教育学部中学校課程数学専攻の方を受験いたしました。

数学の実力がついていなかったので、不合格になりました。他のテストの成績は、良かったらしく（英語、数学、国語、社会――地理と日本史――理科――物理と化学――の科目で受験いたしました）、第二志望の教育学部初等科の方へは、合格出来ました。父は、それでも喜んでくれて、入学の手続きをしてくれました。

後戻りする事になりますが、入試を受ける前は最悪でした。もうすぐ、鹿児島市へ行かねばならないという時に、妹や弟達とそれに父や母も皆インフルエンザに罹り、私が家事等もしなければなりませんでしたし、私にもうつるのではないか……という心配もありました。しかし、幸運にも私は元気でした。

いよいよ入試の日が近づきましたら、父はやはり男だったからでしょうか、起き上がって鹿児島市へ行く準備をし、私を連れて鹿児島市の親戚の家へ行ってくれました。

夜には、おばさんが数学を少し教えて下さいました。その内容が入試にも出ていたので助かりました。
朝は、朝食に焼き肉も添えてありました。温かな心遣いがうれしいのでした。

鹿児島市の地理については、全く無知でしたので、父が鹿児島大学へ、また、試験会場へも連れて行ってくれました。
そして、私が試験を受けている間も（試験は二階で行なわれ、一階は待ち部屋となっておりました）父は、寒いのに（桜島には雪が残っておりましたが、ストーブもありませんでしたので）私を待ち続けていてくれました。又、身体測定もありましたが、その部屋へも父が連れて行ってくれました。

その頃は、国立大学を二校（一期校と二期校）受けられましたので、私も鹿大の他に宮崎大学も受験しました。しかし、この大学も不合格でした。時が大分過ぎてから合格の内容が新聞に載ったのですが、その合格も第二志望の方でした。

宮崎大学の受験には、受験者の内希望者は鹿屋高校の先生が引率して下さって、旅館の手配も、汽車の乗り降りも、大学への誘導もして下さいました。

種子島で生活してとても印象に残った事を一つつけ加えさせていただきます。

近所に地元の人が住んでいらっしゃったのですが、ある日、私の家へ訪ねてこられて、とても恐い話をしていかれました。

それは、特攻隊の人々の話でしたが、特攻隊の人の飛行機が、知覧を飛び立ったらすぐに、種子島辺りで攻撃され、その死体が次々に、種子島の浜に流されてきて、地元の人達が、かわいそうに思い、その死体を山の裾野《すその》辺りの川の岸辺へ運び、焼いてあげたのだそうです。

少なくとも、沖縄辺りまで行けたのではないかな……と思えておりました私としましては、とてもショックでした。

父は私に、入学祝いとして、ポータブルレコードプレイヤーと〝くるみ割り人形〟のレコードを買ってくれました。何回も聴いて、この音楽は、私の頭にくっきりと焼きつきました。

二、鹿児島大学での教養学部時代
（全ての学部の学生が最初に勉強する課程。一年半位）

鹿児島大学では、サークル活動に入るよう指導されましたので、十五個位あるサークルの中から、私は園芸研究会という所へ入部しました（父が、どこへ転勤になっても庭作りをしていましたので、その影響が大いにあったようです）。

園芸研究会では、校内のあちこちの花壇に、花々を植えたり、管理したり……はもちろんの事でしたけれど、他に、あちこちの遊歩道を歩き回り、出合った山の野草の名前を覚えていったり……しました。

又、登山部ではないのに、登山活動もしております。明確に覚えていますのは、二回ほど大隅半島の〝高隈《くま》山〟に登り、山の中でテントを張り、草を敷き、そこで寝ました。飯盒《はんごう》でごはんを炊き、おかずもテントの外で何とか作りました。又、ある時は、川が流れている所へ行き、小魚釣りもしました。

それから、私は退部しようとしていた時でしたが、屋久島登山の話がありましたので、私も特別に参加させてもらいました。

クツも登山靴ではなくズックで、トロッコが走っていた跡地を重い荷物を背負い、〝花の江郷《えごう》〟という所まで登りました。そこで宿泊して、そこから〝宮之浦岳〟（九州一の高さで有名な）へ登りました。元気な男の人達が走って登って行きましたので、私も後をつけて走って登りましたら、着いてから苦しくなり……走らなきゃ良かった……と悔いました。

（女の）友達も出来（その人達とは、今でも年賀状のやり取りをしています）

男の友達とは、私が幼稚だったのでつき合えませんでした。

大学祭では、まず、宣伝のために各サークルが工夫して作った物を持ち、大学（農学部）をスタートして繁華街を通り、医学部のある所まで（今は黎明館になっておりますが）行くという行列が行われました。大学一、二年の頃、私と一人の友達とは、歩かないで、耕運機を運転している人がいたので、それに飾りつけて、乗って行きました。行列の終点では打ち上げ会（行列で使われた物々を燃やして、キャンプファイヤーの様にして、おにぎりを食べながらその火を見つめて感動しておりました）がありました。

現在の大学祭は、食べ物屋さんごっこみたいなものばかりしている様ですが、私達は真面目に研究して、それを大きな用紙に書き、それをある部屋の壁に張っていましたし、又、販売品の観葉植物も指宿《いぶすき》の試験場から分けてもらってきた物を、売ったりしていました。大学祭は、大学を一般の人々に公開するというものでしたので、私も一年の時、父と母に来てもらって、私達の部屋に案内し、植物を買ってもらったりしました。

大学の試験は、時間割（これも各自、自分自身で作ったものでしたが）通り行われていましたので、厳しいなあ……と驚かされました。それでも何とか、一夜漬け的勉強で合格させてもらいました。悪い成績ではありませんでした。優（優、良、可で評価されていましたが）が多かった様です。

まあまあ、何とか大学生活を送っていましたけれど、一方で私はやはり、小学校の先生にはなれないなあ……と思い、理系への道を進んで行く方向へ行くかどうかと悩んでいました。

教養学部での担任の先生に相談してみましたら、キュリー夫人の本や、湯川秀樹先生の伝記等を読んでみなさいと勧められたり、理学部の物理の先生を紹介して下さったりしました。本類は読ませていただき励まされました。一方、理学部の方を訪ねて行ってみましたら、ある先生に「もう一度受験しなおしなさい。」と云われました。父にも、その事を話したら、とても怒りました。

どうしたら良いか分からなくなり、又担任の先生に話してみましたら、〝学士入学〟という道もあるよ……と教えて下さいました。それで、今は落ち着いて、教育学部での課程を卒業までしっかり勉強して、〝学士号〟をもらわなければいけないなあ……という所に収まる事にいたしました。

三、鹿児島大学での教育学部時代

教養学部を修了し教育学部へ移った時、担任の先生は中学校課程の先生方から選ぶ事になっていました。私は数学科の幾何の先生にお願いいたしました(理科の方を選んだら、大嫌いな生物の勉強もしなければなりませんでしたので)。

この先生に、理学部の数学科の方へ、学士入学したいと考えている……と話してみましたら、岡潔先生の『春宵十話』という本を渡され、「読んできなさい」と云われました。私はその本を一週間位かけて読み、お返しに行った所、「どうだったか?」とおっしゃいましたので、「とても、良い本でした。」と返事しました所、「それではその本はあなたにあげます。」と、思ってもいなかったお言葉をいただき、私は、とてもうれしかったです。その後の私を支え続けた、「大事な本」となりました。何十年も昔の話になりますが、現在でも、唯一大事な本になっております。

岡潔先生は、数学を考えていくうえでも、又一人間の生き方はどうあるべきかという面でも、私の師となられました。

数学の道を選んだ人達は、卒業論文を書く代わりに、〝セミナー〟(週に一回ずつ、英文で綴られた数学を読んできて、内容を発表し合っていくもの)を受ける様になっています。私は、担任の先生のセミナーを受ける事にしましたが、中学課程の二人の人達といっしょに受ける様に云われ、何とか頑張りましたけれど、一回だけ忙しくて予習が出来ず、発表出来ずじまいになった事がありました。それで、「優」の成績はもらえませんでした。残念でしたけれど。

他の授業は真面目に受けて、まとめて、丸暗記してテストに臨み「優」を一杯もらいました。数学の教科も、他の教科も……。

ただ、私は哲学の教科も好きでした。それで、ある哲学の先生の授業で、お話がとても難しかったのですが、私は必死でその先生の話されるのをメモし続け、きれいにまとめ上げ、それを丸暗記してテストに臨んだのでしたけれど、カンニングをしたと思われたらしく良い成績はもらえませんでした。あんなに頑張ったのになあ……と、残念だった気持ちを今でも思い出されます。

四年生になったら、理学部の数学の授業を受けに行きました（数学を選んだ他の同級生の人達もそうしていましたので）。
それで、とても忙しくなり、教育学部の授業の方がちょっと疎《おろそ》かになりました。（国語等）それから〝測量〟という単位を取りに行かなかったので、数学の中学の免許が二級しかもらえませんでした。残念でしたけれど。

何とか、教育学部は卒業出来ました。まあまあの好成績で。
（サークル活動の方《ほう》は教育学部へ入った頃、退部しておりました）

それで、理学部への学士入学の件について担任の先生に手続きをお願いいたしました。

理学部の幾何の先生が、この話を受けて下さいました。この先生は、入学試験の結果まで見たい……という事で、ある保管室へ私もいっしょに行きましたが、数学の成績の悪さにびっくりされました。

それでも、理学部の方で会議が行われ、（教育学部で、ある程度勉強してきているのに何故理学部へ入りたいのだろう……と思われた先生方もいらっしゃった様です）何とか合格が決まり、三年生の人々といっしょに勉強する事になりました。

四、鹿児島大学での理学部時代

理学部へ入れたのは、それはそれで良かったのですが、その後授業を受けているうちに、教育学部時代での内容とあまり変わらないではないか……とか、岡先生が主張していらした数学の世界は存在しないではないか……とか、等、大きな期待を持ち過ぎていた私でしたので、絶望的になってしまいました。

しかし、こんなではいけない……と思い直し、きちんと勉強いたしました。そして、二年半分の単位を、二年間で取り終わり、理学部の数学科も、無事卒業する事が出来ました。

ここでは、セミナーは〝微分積分〟の方を選びました。微分積分は、とても難しそうでしたけれど、先生が丁寧《ていねい》に教えて下さるという事でしたので、何とかついて行きました。

ただ、この先生は、抜群の記憶力で研究していらっしゃる方《かた》で、私は直観力に頼る方でしたので、時々、付いて行けないなあ……と思わされた事もありましたが、何とか頑張りました。


すぐには就職しませんでした（鹿児島高校の非常勤講師の仕事はしていたのですが……）。

卒業して一年目は、〝0とは何なのだろう〟という事にこだわって、半年位悩みました。

二年目は、理学部に理学専攻科（大学院の前身）が出来るという事で、私もその数学専攻へ入り勉強しました。一年間だけのものだったので、すぐ修了となりました。

教育学部の方でも、理学部の方でも、授業を受ける教室では、いつも女性は私一人でした。誰とも親しくはしませんでした。

五、鹿児島純心女子高等学校へ就職して

いつまでも勉強ばかり……という訳にもいかず、就職を考えました。

高校の数学の免許が一級だった事と、微積分の先生のお力から、鹿児島純心女子高等学校へ採用されました。自宅から通える学校だったので良かったです。生活は九畳のプレハブで過ごし、少し遠い距離ではありましたけれど、後半からは自転車通勤をしておりました。

数学の研究の方は、就職してからも続けておりました。ある時から、先生がいろんな学会誌のコピーを下さいまして、それで勉強していましたら、自分でも新しい論文が二つほど書けました。先生も喜んで下さいました。それで、福岡大学で行われた学会で、その一つを発表するという経験もいたしました。

しかし、その後は、微積分の先生と、うまくいかなくなりましたので、数学の研究は終わりになりました。

その後は、教育の方で頑張りました。能力の高い生徒達にも、能力の低い生徒達にも、自由に教えられる様になり、それが喜びでありました。トップクラスの理系の子達や、理系専攻の子達を持たされたので、ありがたかったです。

しかし、数学以外の仕事も、次から次へとさせられて精神的に疲れてしまいました（例えば、高校三年生のクラスを担任として続けて持たされるとか……、授業が毎回毎回予習していかねばならない様に、課されていたり……)。

何か、純心高校の側でも私には辞めてもらいたかったようで、その計画に填《はま》って辞めざるを得なくなりました。残念ではありましたけれど、仕方がありませんでした(調子良く教育が出来た状態でしたので、辞めたくありませんでしたが、十七年勤めました。数学に自信がありましたので頑張れました)。

統合失調症という事で、入院したりもしました(最初の主治医の先生は、二ヶ月位入院したら、後は元の職に戻せる……と考えていらしたのですが、……)。

今では、少しだけ薬を飲み続けて、健康に過ごしております。


何をして残りの人生を生きていこうか……とあれこれ試してみましたが、今は、文を書いていこう……という所に落ち着きました（しかし自信はありません。私は数学を勉強し続けてきた者ですし……）。

もう一つ病気について追記させていただきます。

厄年というのも当たるものですね。私は、三十三歳の時、「ベーチェット病」という病気になり、病院の窓から下の方を見て人々が行き来していらっしゃるのを見ながら、私はもう社会復帰出来ないのだろうか……等と思えたりしました。

しかし、幸運な事に、先生方と薬（ステロイド）の御蔭《おかげ》で、一ヶ月半の入院で病気は良くなり、その後再発もしないで済みました。

もう一人、私の大事な恩師についてつけ加えさせていただきます。

その先生は、法文学部の哲学の先生で、本を読むのが御得意な方で、後に図書館長になられました。

最初の出会いは、入学直後の、大講堂で哲学の授業を受けました時で、この先生の話を聞いておりましたら、私も、将来〝学者〟になりたいなあ……と思わされました。

もっと実際にお近づきになりましたのはずーっと後の事で、私が理学部へ移ってからの事で、微分積分の先生に、その先生へ紹介して欲しいとお願いしてからの事になります。

最初お訪ねした時、「一者」（少し違うかもしれませんが）という本を渡されまして、何か書いてくる様に云われました。私は必死でその本を読み、必死で文を綴りました（ずいぶん沢山書きました）。最後は、「一者」とは、私にとりまして、数学を考えていって、行き着く所だとまとめました様な気がいたします。

先生は甘心して下さいまして、その後も個人的にお訪ねしたり、先生の哲学の授業を受けに行ったりして、悩める青春時代をとても助けて下さった恩師となられました。

私は、哲学も好きで、本屋さんへ行ったら、青い帯のついた哲学の文庫本の所へ走って行っては、あまり深く読めもしないのに、買い漁っておりました。

第二部　私のまわりの人々について

一、父について　父の生と死

父は死にかかった事が三度あります。

①青年の頃、友達と霧島登山に行き、ある崖《がけ》の所でころび崖の下へ投げ出された。そのままだったら下の川へ落ち込むところだったが、木の枝をつかみ、そしたらそれも折れて、もう一方の手で別の枝をつかむ事が出来、今度は折れなかったので、何とか助かり命拾いしたそうであります。

②四十歳初めの頃、裁判官になるための研修を受けに東京へ行き、半年位過ごしていた頃、もともと持病もあったのでしたけれど、東京の寒さは骨身にしみ

たと云いながら帰ってきました。

大隅の大根占にいた頃の話ですが、今回は鹿屋の方へ転勤になり、何とか鹿屋へ移ったのでしたが、病気がひどくなり病院の先生の話では「黄疸」になっているという事で、手足から体中黄色くなっており死にかかっている状態らしかったです。ですから寝たっきりでした。

しかし、その病院の先生が毎日注射をしに（たぶん葡萄糖液の注射だったと思えますが）通ってきて下さいました。それから、しじみ貝の煮汁を飲むようにと教えて下さいました。母は毎日しじみ貝を煮て父に飲ませていたようです。半年位で父はだんだん良くなり死をまぬがれました。病院の先生は父の命の恩人です。

③六十歳位の頃、又鹿屋にいましたが、家族全員で鹿児島市に帰る事になり、父はとても無理をしたみたいです。

まず、草年田にあった実家（明治時代に建てられたみたいなもので）を解体して新しい家を建てねばならなかったのですが、鹿屋に住まいながら鹿児島市へ行ったり来たりして設計屋さん等と話を付けねばならなかったようで、とても難儀をしたみたいです。

家も出来上がり、家族も皆その新しい家に帰ってきましたが、カーテン等も出来上がっていなくて初めは不自由な生活でした。父は、勤務地はまだ鹿屋でしたので、鹿児島市の草年田から鹿屋まで六時間位かけて往復していたみたいです。それでも相当に難儀をしていたみたいです。

それで、父は胃潰瘍になってしまったようです。それなのに自分では、肋間神経痛だと云って、ある病院でもその様な治療を受けていたみたいです。

その内、ある日突然に血を吐き―それもどっさり吐き、又下血もあり……で、床のまわりには、直径十センチもあるような血液の塊で一杯になりました（後で分かった事では、体中の半分位の血を吐いたり下したりしていた様です）。

母や私達はどうすればよいのか、おろおろするばかりでした。

しかし、このままじゃいけないと思い、救急車を頼もうと思い、私は警察の派出所へ走って行ったのですが、どなたもいらっしゃらなくて、用のある人は電話をする様になっていました。勇気を出して電話で用件を云い（救急車に来てもらいたい…と）家へ帰りました。自信はなかったのですが、救急車の方々が来て下さいました。道が狭くて（私は電話では、道は車は入れると云ったらしいですが）少し広い道路まで担架で運んで下さって、その後、救急車である外科の病院へ運び込んで下さいました。本当にありがたかったです。

しかし、病院の先生はあまりにも体中の血が少ない状態だったので、もう助からない……と云われました。呼吸も一時は止まり、人工呼吸で何とか息を吹き返したという具合でした。

手術は翌日行われる事になりました。

翌日、先生はもう助かる見込みはないので身内の人は呼びなさいと云われましたので、学校へ行っていた妹や弟達は呼び出され皆病院へ集まりました。
そして、手術が行われました。長い時間がかかりました。
父の運というか、父は死を乗り越えたのでした。胃を半分は切り取られたみたいでしたが。

先生も本当にもうあきらめていらしたみたいで、その夜に、入院先の部屋に酒に酔った状態で訪ねて来て下さって、私に「良かったですね」「良かったですね」と握手して下さいました。この場面が強く印象に残っております。

母と妹・弟等は家へ帰り、私が付き添っておりました。その後も私は父の入院先から大学へ通うという生活もしました。

④そうして助かった父でしたが、元気になって帰ってきてみたら、子供達と母を〝箱入り娘〟的に自分の腕《うで》の中に囲って育ててきたと思っていた、その娘達が皆ばらばらに自立してしまったと思えたらしく、それまで大事にしていたも

のが失われてしまった様に思えてか、「死んでいた方が良かった」「死んでいた方が良かった」と云って、ソファに寝ころんでいました。二年間位もそんな状態を抜け出せずじまいでした。人は箱入り娘では、世で生きていけないのではないでしょうか。それなのに父はそんな調子でした。二年間位が過ぎましたら、何か悟る事が出来たのかきちんと生きていくようになりました。

⑤その後は大きな病気もせず生きていました。血圧が高かったので、その方の薬は飲み続けていましたけれど。それから、胃が小さくなっていましたので、食事を普通通りには出来ないのではなかろうかという事も心配しましたけれど、そちらの方も大丈夫みたいでした。

又、子供達も父をいろいろと悩ませもしましたけれど、それ等にも負けずに、九十二歳まで長生きをいたしました（仕事の方は、相変わらず田舎まわりでしたけれど、草年田の家からバス等を使って出勤しておりました。裁判官として七十歳まで働き、後、調停委員として四年位働いていました）。

二、続・父について

父は小学校は山下小学校（町の学校）へ通っていました。家とは遠かったようですが、学校数が少なかったのだと思えます。今の国道3号線の通りを通っていたらしいです。冬は北風が冷たくて耳は霜腫れが出来ていたとか……。

小学校へ入る前は、父も〝郷中教育〟を受けていたらしいです。

小学校では、頭が良かったのか勉強は授業中先生の話される事はその場で覚えていた様で、私にもそうするように話していました。

貧しかったので、中学校（旧制）へ行く事はあきらめざるを得なかったようです（七歳年上のお兄さんは、中学校まで行けたようですが……）。中学へ行けなかった事は、後々まで悔しがっていました（今の人達は、奨学金制度もあるし、良いなあ等とも云っておりました）。

父はどの様にして見つけたのかは話してくれませんでしたけれど、〝裁判所の小使い〟という仕事につき、仕事の合間にどうして〝書記〟の仕事の勉強が出来たのか分かりませんけれど、又、誰にどの様にして父の能力を見つけ出してもらえたのか分かりませんけれど、小使いから、書記の仕事へと格上げしてもらいました様です（昔は、書記は筆で書く様になっていたみたいです。書道の勉強も大へんだったでしょう……と思えました）。

書記の仕事では、地方を回る事もあった様で、大島等へも赴任して行ったりしていたみたいです。

父と母との出会いについて。

父が加治木《かじき》に赴任していた時、父は母と知り合う事になった様です。父は、加治木にある島津家の神社の神主をしていらした村橋《むらはし》さん（父方のおばあさんの妹さんが嫁いでいらした）と仲が良かったらしく、時々、ここへ遊びに来ていたらしいです。母もある時、この神社へ行っていた時、たまたま父と出会い、父の方が母に一目惚れしてしまった様です。

それで父は、村橋家の仲立ちで、母方のおじいさんに、〝母を頂きたい。〟と申し込みをした様です。母の義理のお兄さん等は、中学も出ていないような人と一緒になるなんて……と大反対だった様です。しかし、おじいさんは、父の人物を見抜かれ許可されました。おじいさんは偉かったと思えます。母はあまり乗り気ではなかったらしかった様ですが、後々の母の人生を振り返ってみますと、父と母の結婚は良かったのでは……と思えます。

父は次の章をもらいました。

一、勲三等瑞宝章　（皇居にて）

昭和五十年四月二十九日

二、正四位

平成七年十一月三日　死して後　（九十二歳）

三、母について

母は頼もしい人ではありませんでしたけれど、母としてしなければならない事を、真面目にコツコツと頑張ってきた人でした（昔はふとん作りまでやっていました）。誰も手伝ってくれなかった……と感想をもらしたりした時も、私は「仕付けないからよ……」と口答えしておりました。悪い子であります。

種子島にいた頃、母は右腕がどんどん黒くなっていく病気になり……これも死に至る病気だったのですが、ある病院へ行った時、運が良かったのかどうか、院長先生は議会へ出席のためお留守でした。しかし、大学病院から来ていらした若い代理の先生が懸命に取り組んで下さいまして、何とか一命を取り留める事が出来ました。
母の重い病気はこれ位で、後は、時々お腹《なか》をこわすか、風邪をひくか……で、逞しくはなかったのですが、私達は母は家事をきちんとしてくれるのを当たり前に思っておりました。

学校の方は、加治木の高等女学校を出て、後は〝おけいこ事〟として、池坊の生け花等を習いに行っていた様です。お正月には床様《とこさま》に飾る生け花を、毎年きちんと生けておりました。

母は、父の死の歳に揃えたかったのか、九十一歳まで頑張りました。

四、祖父と祖母について

①私の父方のおじいさんは、垂水《たるみず》のある小学校の校長先生だったようです。（父が生まれた頃から）その時代はそうするのが当然だったのでしょうが、軍服姿で堂々と写真に写っていらっしゃいました。
もともとは、相良《さがら》家の方だったらしいのですが、伊集院《いじゅういん》家に養子に来られたみたいです。

しかし、長生きはされなかったようで、父が五歳位の頃亡くなられたようです。それで、経済的に貧しくなってしまわれました（残された家族は）。
②私の父方のおばあさんは、男の兄弟がなくて、この方が、伊集院家の跡取《あとと》り

になられた様です。

気の強い方だったみたいで、だんな様が亡くなられた後、一人で子供達（父や父のお兄さん―七歳年上の―この二人の間にも男の子がいらしたらしいですが、幼い頃亡くなっていらした）を育てられた様です。大昔の頃だったので仕事がなくて、その頃、草年田辺りは広い牧場だったらしく、そこで飼われていた牛達の乳搾りという仕事をされていらっしゃったという事でした。家は、その牧場の端の所にあった小さい（しかし、まあまあの大きさはあった）家に住んでいらした様です。

父は幼い頃から暴れん坊だったらしく、おばあさんは、父を柱に帯で結わえて仕事に行っていらした様です。

その小さな家は、父が成長した後、父が買い取った様です（土地とも）。まあまあ、長生きはされた様ですが、亡くなられた時は、乳癌で……最後の頃は、乳房がどろどろ状態だったとか……父は話していました。

③私の母方のおじいさんは、加治木の人だった。若かった頃、木佐貫家《きさぬき》（裕福だった）へ養子に入り、中学校（旧制の）を出て高等学校へは行かず（みたいです）、アメリカのサンフランシスコへ渡り、会社（あまり大きくなかったと思われますが）を興し、そこでアメリカ人を雇って仕事をしていらっしゃった様です。大部分の渡米者――その頃は渡米する事が流行っていた様で――はアメリカ人に使われている様だが「おれはアメリカ人を使ってやる」と主張されていたらしく、実際にそんな事をなさっていらした様です。

後、病気（リュウマチ）になられ日本へ帰ってこられましたが、すぐ加治木へは帰らずに、東京に住み、建築の勉強をされていらしたらしいです。

その後、加治木へ帰ってこられて、結婚なさいました。子供達は六人位生まれたみたいですが女ばかり生まれてきていつもがっかりしていらしたとか……最後の子は顔も見たくないと云われたとか……。

加治木では、電気会社を設立されて、それが大成功し、大金持ちになられました。それで、生活はとても裕福なものだったらしいです。

家は、自分で勉強していらした知識をもとに設計され、広間は半地下状態のもの（夏涼しく、冬温かな）を作られていらした様な。この家を手放す事になった時は、ある旅館として使われる人に譲られたみたいです。

電気は思う存分使えたので、おふろも電気で沸かしていらしたようです。

庭も広々とした所で、いろいろな方面に、頭をつっ込んでいらした様です。菊作りや盆栽、……等。〝月下美人〟も育てていらして、その花が咲く時は親しい人々に見に来る様に誘われ、いっしょにながめたりなどもしていらした様です。

それから、専用の小舟も持っていらして、（舟乗りさんも、特別に雇っていらして）時々魚つりに出かけていらした様です。

リュウマチは治っていらっしゃらなかったらしく、時々、家族揃って網のカゴに乗って温泉へ行ってらっしゃった様です。

しかし、人が良かったのか、ある人の保証人になられ、その人が事業に失敗されて、おじいさんもお金が無くなられた様です。跡取りの人がいらっしゃらなかった事もあって、どんどん貧しくなっていかれた様です。母は、鹿児島市や、県内のあちこちに住んでいたので、おじいさんがどんな生活をされていたかは、あまり分からなかった様です。

④私の母方のおばあさんは早く亡くなられた様です。加治木高等女学校の先生をしていらっしゃった方だったそうです。
母は時々、その方の写真を取り出して見ていました。手にバラの花を持ち、おとなしそうな、美しい姿で写っていらっしゃいました。この方も乳癌で亡くなられていました。

おじいさんは、ある血縁にあたる方と再婚されましたがあまり良い方ではなかった様です。母は初めの方に似た所があるという事で、おじいさんは母を気にいっていらしたみたいです。晩酌の時には母がついでくれるお酒がおいしいと云ってらしたそうです。

⑤母は五歳位の時、お母さんを失い、父も五歳位の時、お父さんを失い、父は父親なしで育ち、母は母親なしで育ち、私の両親は、その故にだろうと思われますが、私達子供達の育て方が分からず、私達子供達は世の中でどう生きていけば良いのか分かりませんでした。私は〝孤児〟だと思わされた事もありました（精神的に）。

五、兄弟姉妹について

(1) 長女

私より十歳年上の生まれで、次の子がすぐ生まれなかったので、一人っ子として小学一年生の夏休みまで育ちました。

近所の書生さんにかわいがられ、蓄音機の事もその人に教えられ、自分でも欲しくなったみたいで、四歳位の頃買ってもらい、危なっかしい手付きで自分でレコードをならしていたみたいです。

小学一年生の夏休み中に赤痢になり亡くなるのですが、残酷な事は、往診にいらした先生が、もう後は輸血しかないという事で、血液型を調べもしないで、父（AB型）の血を姉（A型）へ輸血され、血液型が合わなかったので痙攣を起こし大暴れして亡くなったそうです。本人もですが、父と母の気持ちを考えたらとても耐えられなかっただろうなあ……と思えます。もし母の血（O型）を輸血していたら助かったかもしれないのに……と思えました。

両親は、毎日朝と夕姉のお墓に通ったそうです。

（2）長男

姉が亡くなった年の暮れ（12月）に生まれました。

兄についての話は、防空壕に親戚の人々がいっしょに隠れて過ごしていた時、歌を次から次へと歌って人々を和ましてくれていたそうです。

〝賢い子〟だったよ……と話してくれる人もいたので、この兄が生きてくれていたら、その後に生まれた私達もよく導いてくれたのではなかろうかなあ……と思えます。

残念な事に、この兄も赤痢で四歳位の頃に亡くなりました。病院の先生方もいらっしゃらなかったし、薬もなかったので、兄は、戦争犠牲者の一人と云えます。

私は兄にかわいがられたのでしょうけれど、私の記憶では残念ながら覚えておりません。

兄は「光《みつ》ちゃんは神様になるの」「光ちゃんは神様になるの」………と云いながら死んで行ったらしいです。おそらく、死んだ姉の遺影について、姉は神様になったのだと両親が説明していたからではないか……と思われます。

(3) 三女

私より四歳下に生まれたのではありましたが、次の子がすぐ生まれたためか、しっかりしていました。しかし、競争心が強くてあまり好ましくはありませんでした。

B型で、あちこちと飛び回っておりました。

ある宗派のキリスト教で洗礼を受け、その方の本部がアメリカのロサンゼルスにあり、そこにキリスト教の大学もあるということで、そこで四年間過ごした様です。

帰ってきてから、ある男性と結婚し仲良く暮らしていた様ですが、その相手の人も早く亡くなられ、今は淋しい一人暮らしになってしまっているようです。

(4) 二男

私より六歳年下という事になりますが、何となく甘えん坊で、頼りない面をもっている人で、私達女性側からはしっかりと導いて欲しいなあ……と思えています。

大阪で、橋梁設計の仕事をして、73歳まで働きました。

(5) 四女

父が五十歳の時に生まれた子で、皆でべたべたと大事にしてきたからか、わがままで学校嫌いで、勉強は全くしませんでした。

成人してからも、したい事だけやって、お金の使い方が贅沢で、母を扱き使っておりました。

しかし、遺伝のためか、癌のため長生き出来ず、68歳で死にました。

六、呪われた「伊集院家」

父方のおばあさんには、お姉さんがいらしたらしいです。その人は「伊集院家」を継ぐのは自分だった……と、その思いに捕らわれ続けてきた人でした。

ある日、父が、その方が寝床に臥していらっしゃる所を訪ねていったら、病気で寝ていらしたのに身を起こしつつ、まるで呪われていらっしゃる如く〝伊集院家は私が継ぐのだ〟……と騒がれ、そのあまりの異常な姿に、まだ若かった父はとてもすごい印象を受けたらしいです。

そして、その人の娘に当たる人も、その考えに取りつかれ、「伊集院家」「伊集院家」とこだわっていらっしゃったそうです。そしてその方は伊地知《いじち》家に嫁いでいらっしゃったのに、父方のおばあさんの「伊集院家」とは血のつながりのない〝ある伊集院家〟に入籍されたらしいです。そうする事によってその人は伊集院家の呪いを捨てられました。そして、跡取りが必要だったので、その人の長女の私生児を跡取りに入籍されました。

その人の次女の方も、やはり「伊集院家」にこだわった人の様でした。

過去の人々が、あまりにも父方のおばあさんが継がれた「伊集院家」という呪いの様なものが強かったので、父は大昔の戸籍を取り寄せに行ってみました。そうしたら、その一番初めの病的な人は、その戸籍には入っていない隠し子だった様です。

七　「伊集院家」とは？

御先祖様については、詳細な話を聞いてきた訳ではありませんので、墓石に刻まれているものを元にして、まとめてみました。

初代　伊集院與一　文政十丁亥　六月六日
　仝　與一妻　文政六癸未　十月十九日
二代　伊集院喜助　嘉永二己酉　四月十二日
　仝　喜助妻　文久二壬戌　六月二十三日
三代　伊集院與一（養婿）
　この方は、「鳥羽伏見の戦」に一四番隊長として出兵されたと聞いております。

そして、墓石から
慶応四戊辰正月五日
　　　於城州淀川提　戦死三十六才
戊辰戦争で戦った事に対して
大正十三年二月十一日持旨贈従五位
という賞をもらわれました（ずいぶん遅くなってから与えられたものだなあと思われます）。
　　全　眞與一妻　明治七年四月八日
　　　　　　　　　三十五才
この三代目與一さんの子供が私の父方の祖母に当たります。その方の妹さんが加治木の島津家の守護神社の神主さんの村橋家へ嫁いでいらっしゃいました。

著者プロフィール

伊集院 淑（いじゅういん よし）

鹿児島県出身、鹿児島県在住。
鹿児島大学教育学部初等科卒業。
同大学理学部数学科卒業。
同大学理学部専攻科（数学専攻）修了。
資格：小学校一級免許
　　　中学校二級免許（数学）
　　　高校一級免許（数学）
職歴：鹿児島高校にて非常勤として4年間勤務、鹿児島純心女子高校にて正教員として17年間勤務。
既刊：『幼稚園生からでも分かる「やさしい、やさしい」『数学のお話』』（文芸社　2020年10月）
　　　『よく遊んだ』（文芸社　2023年9月）

私と私のまわりの人々

2025年1月15日　初版第1刷発行

著　者　伊集院 淑
発行者　瓜谷 綱延
発行所　株式会社文芸社
　　　　〒160-0022　東京都新宿区新宿1－10－1
　　　　　　　　　　電話 03-5369-3060（代表）
　　　　　　　　　　　　 03-5369-2299（販売）

印刷所　株式会社フクイン

ISBN978-4-286-25983-3